Atriz Dominante

Coleção Dominação Erótica

Erika Sanders

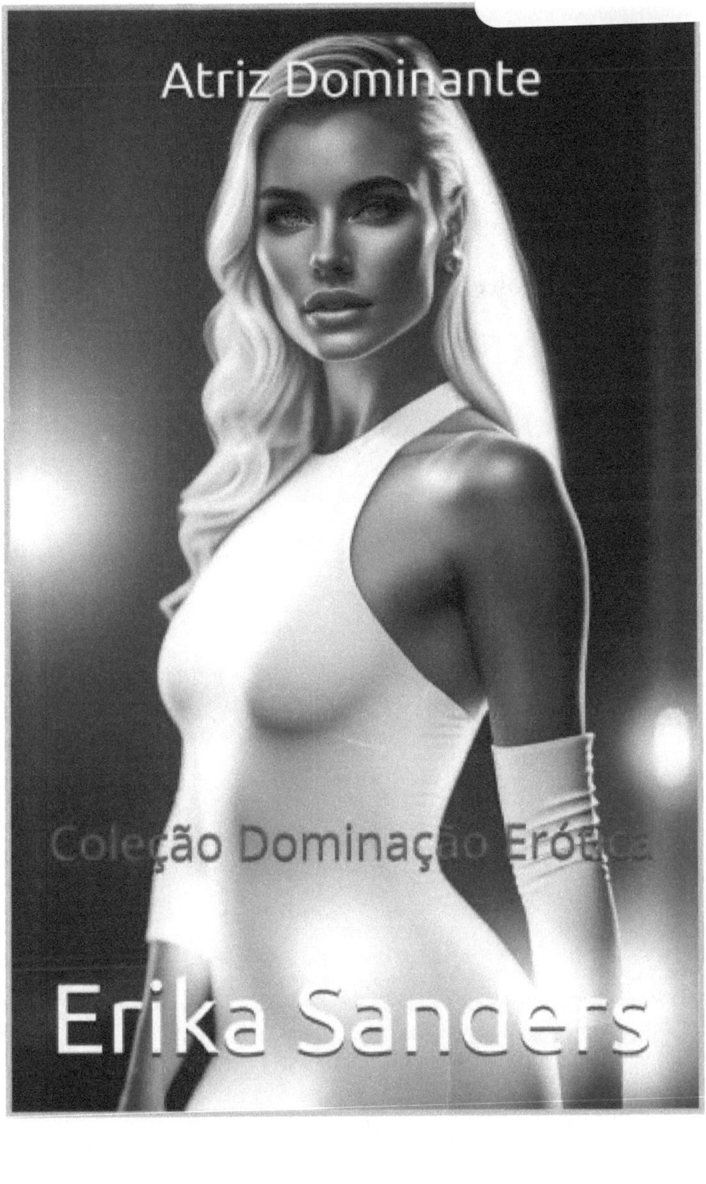

Atriz Dominante

Erika Sanders

Coleção Dominação Erótica

Sinopse

O pai de Angie é dono de um antigo hotel.

Um grande estúdio de Hollywood quer filmar cenas para um filme de terror no hotel.

Angie conhecerá sua atriz ídolo, Helga, que é uma lésbica secreta de Domina...

Atriz Dominante é um romance com forte conteúdo erótico BDSM e, por sua vez, um novo romance pertencente à coleção Erotic Domination, uma série de romances com alto conteúdo BDSM romântico e erótico.

(Todos os personagens têm 18 anos ou mais)

Nota sobre a autora:

Erika Sanders é uma escritora internacionalmente conhecida, traduzida em mais de vinte idiomas, que assina seus escritos mais eróticos, longe de sua prosa usual, com seu nome de solteira.

Índice

ATRIZ DOMINANTE
ERIKA SANDERS

CAPÍTULO I

O pai de Angie era dono do antigo hotel.

Era algo pequeno. Apenas 5 andares. Estava com sua família há várias gerações. O pai de Angie morava lá enquanto administrava o lugar e Angie cresceu lá também.

Depois de se mudar brevemente para a faculdade, Angie voltou ao hotel enquanto procurava um emprego próprio. Ele estava sempre feliz em ajudar seu pai e gostava de conhecer novas pessoas aqui. A outra vantagem era que ela podia morar em um bom quarto de graça.

Um dia, Angie estava sentada atrás do balcão entediada. Ela lia um blog de moda em seu telefone para passar o tempo.

Isso mudou quando seu pai se aproximou dela com um sorriso no rosto.

"Tenho uma surpresa", disse ele.

Ela olhou para ele com uma expressão entediada. "Mais tarefas para executar?"

"Não seja sarcástico. Eu tenho grandes notícias e esperei que as coisas fossem confirmadas antes de poder contar a você. Um grande estúdio de Hollywood quer filmar cenas para um filme aqui. Eles olharam para o nosso hotel e decidiram que estava tudo bem."

Ela foi pega de surpresa. "Uau. Como é que eu não sabia disso?"

"O diretor veio alguns meses atrás em busca de locações quando você ainda estava na faculdade. Vai ser um filme de terror."

"Quem é o diretor?"

"Adivinhe. É alguém que aparentemente é muito famoso."

Ele desligou o telefone, ficando interessado. "Hmm... Bem, eu li que há vários filmes de terror em desenvolvimento. É Nolan ou Fincher ?"

"Alguém chamado Le Moreau. Você já ouviu falar dele?"

Os olhos de Angie se arregalaram. "Você disse Le Moreau?"

"Um cara alto, um pouco velho, com um bigode grosso. Ele fala com sotaque francês."

"Muito legal! Acho ele um diretor incrível. Um dos melhores que já existiram."

"Então eu ouvi," ele respondeu. "De qualquer forma, acabei de receber a confirmação. Eles estarão aqui no próximo mês para uma filmagem de três semanas. Muitos membros do elenco e da equipe ficarão aqui durante esse período também. Estaremos muito ocupados."

"Excelente para os negócios. Você sabe quem é o protagonista? Alguém famoso?"

Ele sorriu, "Uma atriz pouco conhecida chamada Helga. Parece familiar?"

Os olhos de Angie se arregalaram ainda mais. "Por favor, não brinque assim. Estou falando sério. Se isso é uma piada, então não é engraçado."

"Você brincaria com algo assim?"

"Lembra quando você disse que me comprou um unicórnio mágico?" ela lembrou. "Eu não conseguia parar de chorar quando descobri que não era verdade."

"Angie, você tinha 12 anos. Isso foi há dez anos. Você ainda se lembra?"

"Algumas cicatrizes nunca cicatrizam", disse ela com alegria para atormentar seu pai amoroso, de uma maneira que só uma filha pode fazer de propósito.

"Bem, eu estou dizendo a verdade."

Ele pegou o telefone no bolso e o procurou. Ele então mostrou uma foto a Angie, que era dele com Helga.

"Oh meu Deus," ela engasgou. "E Helga vai ficar aqui?"

"Ela estará no último andar. O quarto deluxe."

"Durante as três semanas inteiras?"

"Desde que filmem aqui", ele concordou. "Este é o plano."

"Você pode me dar licença enquanto eu desmaiar?"

CAPÍTULO II

Helga era uma verdadeira estrela de cinema. Ele começou como uma sensação adolescente graças a um popular programa de TV.

Anos depois, Helga fez a transição com sucesso para uma atriz crível. Ele conseguiu grandes papéis em filmes. Ela se aventurou longe das comédias pelas quais era conhecida e se concentrou em papéis dramáticos. Não demorou muito para que ela se tornasse uma atração de bilheteria e um ícone da moda.

Houve algumas manchetes desagradáveis sobre o comportamento de diva de Helga e pedidos estranhos. Mas não era nada que ele não pudesse recuperar. Tudo o que ela precisava era de algumas aparições em talk shows tarde da noite e ela faria o público se apaixonar por ela. Com sua personalidade e carinha fofa, ninguém resistiu.

Ela também era lésbica.

Esse era o seu segredo bem guardado. Apenas um pequeno grupo de pessoas sabia disso. O jogo de Helga era fazer com que suas fãs femininas fizessem seu lance sexual. E ela nunca falhou.

CAPÍTULO III

Foi o primeiro dia de filmagem no hotel. Helga já havia filmado a cena da chegada. Horas depois, eles filmaram outra cena em que Helga entra em seu quarto de hotel pela primeira vez.

A sala usada para as filmagens foi reformada pela equipe de filmagem para dar um ar mais rústico. Perfeito para um filme de terror.

Enquanto isso, Angie assistia com admiração enquanto seu ídolo trabalhava. Foi um sonho realizado ver a grande Helga em ação. Infelizmente, devido a uma cláusula contratual, ninguém além dos membros da equipe teve permissão para falar com Helga ou pedir seus autógrafos. Mais uma vez, o comportamento de diva da atriz ficou em evidência.

Após as filmagens, Helga subiu para seu quarto de luxo no último andar.

Angie estava deslumbrada ao retornar ao saguão. Eu ainda não conseguia acreditar que estava assistindo a um filme que estava sendo feito. Foi um processo fascinante. Como um ávido observador de filmes, ela adorou.

Então ele viu seu pai com uma pilha de toalhas.

"Para que servem?" Angie perguntou, já sabendo a resposta.

Ele deu um olhar hesitante. "Já sabes."

"Você acha que eu poderia..."

"Não, desculpe. Regras são regras. Os fãs não podem falar com ela. Nem mesmo com você."

"Mas eu trabalho aqui", ela refutou.

"Você também é fã. Ela não quer ser incomodada. É por isso que estou entregando isso pessoalmente."

Angie se levantou e bloqueou o elevador. "Eu trabalhei muito duro na semana passada para que toda a equipe se instalasse. Ajudei a montar todos os quartos. E quando Helga apareceu mais cedo, eu não disse uma palavra a ela."

"Você está tornando isso muito difícil para mim."

Ela piscou. "Eu estarei no meu melhor comportamento. Por favor?"

"Está tudo bem, querida," ele disse relutantemente, entregando-lhe as toalhas. "Prometa-me que você não vai pedir um autógrafo a ela ou incomodá-la."

Ela pegou as toalhas. "Eu já tenho seu autógrafo no recibo que você assinou antes."

Com isso, Angie se virou alegremente e foi até o elevador. O botão para ir ao quinto andar foi pressionado em ritmo acelerado.

CAPÍTULO IV

Ele bateu na porta algumas vezes antes de obter uma resposta. A porta se abriu e lá estava seu ídolo. O cabelo da atriz ainda estava molhado de um banho recente.

Houve constrangimento por um momento quando Angie ficou cara a cara com seu ídolo. Sua boca se abriu um pouco e ela ficou sem palavras.

"Olá", disse Helga. Essas toalhas devem ser para mim.

"Eu... ummm... sim... eu acho que eles são."

Helga sorriu, "Entre. Vou te dar uma gorjeta."

"Isso é permitido? Quero dizer, você se importa?"

"Eu convidei você, não foi?"

"Correto."

Angie entrou no quarto do hotel e colocou as toalhas em uma mesa próxima. Enquanto isso, Helga procurava algum dinheiro em sua bolsa.

"Você trabalha aqui?" perguntou Helga. "Você não está vestido com um uniforme de hotel."

"Eu não sou oficialmente um empregado. Meu pai é dono do lugar. Eu cresci ajudando com pequenas tarefas ou trabalho de mesa."

"Isso faz sentido. Eu estava me perguntando por que uma garota tão bonita quanto você estava parada no fundo o dia todo."

Angie corou, "Eu não sou tão bonita. Pelo menos não comparada a você."

"Não seja tão duro consigo mesmo. Eu acho que você é muito atraente."

Helga entregou a Angie uma nova nota de 20 dólares, que Angie tentou recusar, mas a atriz insistiu.

"Obrigada pelo elogio e pela gorjeta", disse Angie, aceitando o dinheiro.

"Diga-me, o que uma garota bonita como você está fazendo trabalhando no hotel do pai dela?"

"Bem, eu me formei recentemente na faculdade. Estou procurando um emprego, mas enquanto isso vou ficar aqui e ajudar meu pai."

Helga assentiu. "Adorável. Os pais são muito importantes."

"Tão certo."

"E você mora neste prédio como seu pai?"

"Sim. Hospedagem grátis."

"Cada vez melhor. Este lugar é lindo. Você é uma dama de sorte."

"Obrigada," Angie sorriu.

"O que é divertido fazer aqui? Você fica sentado o dia todo?"

"Eu costumo usar a Internet ou ouvir música. Eu também sou um ávido espectador de TV e filmes. Eu gosto de assistir, você sabe, coisas típicas de garotas da minha idade."

Helga ergueu uma sobrancelha. "Qualquer coisa envolvendo uma certa celebridade que está bem na sua frente?"

"Sou uma grande fã sua", disse Angie. "Desculpe, eu prometi ao meu pai que não falaria sobre isso, mas é a verdade."

"É?"

"Sim. Desculpe soar como uma fangirl . Eu sei que você não quer ser incomodado."

"Tudo bem", a atriz sorriu. "Eu não me importo de conversar com meus fãs hardcore. Especialmente quando eles são fofos como você."

Angie corou novamente. "Obrigado. Se você precisar de mais alguma coisa, por favor me avise. Eu literalmente faria qualquer coisa por você. Isso é como um sonho tornado realidade para mim."

Desta vez, o olhar de Helga se aguçou quando ela olhou para a jovem e inocente Angie.

"Qualquer coisa, hein?"

"Sim."

"Você sabe, nós temos uma equipe de filmagem eficiente aqui. Mas sempre podemos usar mãos extras. Você está interessado em algo assim?"

Os olhos de Angie se arregalaram. "A sério?"

"Sim, realmente."

"Parece um bom negócio, mas eu literalmente não tenho experiência com esse tipo de coisa. Eu não quero estragar seu filme com minha presença desajeitada."

"Bobagem. Volte para o meu quarto amanhã às 8h. Vamos pensar em algo. Talvez eu tenha algumas ideias para você."

Havia firmeza na voz da atriz. 'Não' não cra uma opção. O que a atriz queria, ela conseguiu . Ela amava Angie. E foi feito.

CAPÍTULO V

25

Essa noite. Angie explicara tudo ao pai. Ele ficou cético no início, imaginando se Angie estava implicando com a atriz. Mas ela insistiu que não.

Deitada na cama naquela noite, Angie só conseguia pensar em seu ídolo. Foi um sonho realizado. Nem em seus sonhos mais loucos ela poderia imaginar estar tão perto de uma celebridade famosa.

Pensou no próximo encontro com Helga e no que isso implicaria. Ajudando a fazer um filme de verdade? De jeito nenhum. Poderia ser? Uau.

A coisa toda a deixou ansiosa. Ele gostaria de poder confiar toda a situação a seus amigos, mas isso era contra as regras.

Tudo o que ele podia fazer era esperar e ver o que Helga tinha em mente.

CAPÍTULO VI

Na manhã seguinte. Angie acordou cedo e arrumou sua aparência. Ela estava usando um pouco de maquiagem e seu cabelo estava preso em um rabo de cavalo. Eu não queria parecer muito formal, mas também não queria parecer muito casual.

Às 7h55, ele esperou no quinto andar até que chegasse a hora, depois bateu na porta.

Helga estava recém-banhada, vestindo um roupão de seda fina, o cabelo recém-secado e o rosto sem maquiagem.

"Estou tão feliz que você fez isso", a atriz sorriu. "Vá em frente."

Angie entrou no quarto de seu ídolo nervosamente. Eu tinha borboletas no estômago. Ele tentou agir casualmente. Em sua fantasia mais louca, ela secretamente esperava fazer amizade com a atriz.

"Sabe, tenho pensado muito em você", disse a atriz. "Eu acho que você é uma pessoa trabalhadora e dedicada. E eu gosto da sua atitude. Pessoas peculiares são divertidas de se estar por perto."

"Isso significa muito. Eu sempre faço o meu melhor."

"Estou falando sério", afirmou Helga. "Você tem um toque pessoal em tudo que faz. Você me faz sentir como se eu fosse um VIP."

Angie sorriu, "Obrigada novamente. Além disso, é fácil de fazer já que você é literalmente uma pessoa muito importante."

"Você já pensou sobre a minha oferta?"

"Definitivamente. Eu adoraria ajudar de qualquer maneira possível."

Helga pensou por um momento. "Por que você não se senta na frente do espelho de maquiagem? Deixe-me dar uma boa olhada em você. Discutiremos isso mais tarde."

Era uma oferta firme, e Angie estava exultante (embora fizesse o possível para esconder suas emoções). Ela se sentou na penteadeira e se olhou no espelho. Helga ficou atrás dela e elas se olharam no espelho juntas.

Helga passou as mãos pelos cabelos da garota e desamarrou o rabo de cavalo.

"Você tem muitas qualidades atraentes", observou Helga. "Cabelo liso. Pele lisa. Características faciais delicadas. E eu gosto da sua personalidade também."

Angie corou, "Você é um doce."

"O que uma garota bonita como você está fazendo presa em um hotel o dia todo? Não tem um encontro?"

"Não neste momento."

"Mas seu pai permite que você traga namorados, certo?" perguntou Helga.

"Claro, ele não se importa. Mas já faz um tempo desde que eu fiz isso."

Helga continuou acariciando os cabelos da garota. "Ah? E o que isso significa? Tenho certeza que você não tem problemas para encontrar namorados. Então deve haver outro motivo."

"É complicado. Acho que ainda estou descobrindo as coisas."

Angie viu a atriz sorrindo enquanto as duas se olhavam no espelho de maquiagem. Era um sorriso malicioso que combinava com o belo rosto de Helga.

"Eu sei exatamente como você se sente nessa idade", disse a atriz.

"Você pensa?"

Helga pegou uma escova de cabelo e começou a escovar os cabelos da garota.

"Claro. Eu sou um ser humano, como todo mundo. E para ser franco, muitas mulheres questionam sua sexualidade em algum momento. Não é nada para se envergonhar."

Angie assentiu lentamente. "É tão estranho ouvir você dizer isso. É fácil esquecer que as celebridades são como todo mundo."

A atriz se inclinou e aproximou os lábios da orelha da garota.

"Nosso segredo", sussurrou Helga.

Angie sorriu enquanto os dois se olhavam no espelho. "Nosso segredo."

"Falando em segredos", disse Helga, levantando-se para escovar o cabelo da garota novamente. "Vamos falar sobre o meu filme. O que você sabe sobre ele?"

"Não muito. É só que é um filme de terror e a equipe de filmagem adicionou um monte de móveis antigos para fazer este lugar parecer antigo e rústico."

"Isso é excitante para você?"

"Ah, sim", reconheceu Angie. "Eu amo filmes."

"Você já viu O Iluminado?"

"Deus, sim. A cena 'todo trabalho, sem brincadeira' é uma das melhores cenas da história do cinema, IMHO. No geral, é uma verdadeira obra-prima."

"Estou feliz que você pense assim," Helga respondeu com um tom divertido. "Porque estamos fazendo algo semelhante a isso."

"Parece incrível. Não tenho dúvidas de que será ótimo."

"Eu teria que concordar. Le Moreau quer fazer algo semelhante ao filme O Iluminado e Drácula de Coppola. Então, é basicamente um filme de terror psicológico com um forte tom sexual."

Angie concordou. "Só posso reiterar que isso soa absolutamente incrível. Sempre fui um admirador do trabalho de Le Moreau."

A atriz largou a escova e pousou as mãos nos ombros da menina. Eles se olharam no espelho juntos e olharam para seus reflexos.

"Você poderia ser minha assistente pessoal nas próximas semanas. Você receberia tarefas especiais para melhorar meu desempenho de atuação para este papel."

"Estou sem palavras", respondeu Angie, quase com lágrimas nos olhos. "Se você realmente quer que eu seja seu assistente, eu adoraria. Você é o melhor."

"Farei qualquer coisa por alguém, se esse alguém fizer alguma coisa por mim. Também vou compensá-lo financeiramente pelo seu tempo."

Angie se levantou e deu um abraço em seu ídolo. Foi um abraço longo e carinhoso.

CAPÍTULO VII

31

Angie foi convidada a assinar um acordo de confidencialidade. Era direto e exigia que Angie mantivesse tudo em sigilo sobre suas interações com Helga.

Ela não teve nenhum problema em assiná-lo.

Durante o resto do dia, Angie assistiu Helga filmar algumas cenas. O processo foi fascinante. Demorou muito tempo para instalar as câmeras de filme e iluminação. Cada cena de atuação teve que ser feita várias vezes para garantir que fosse perfeita.

O pai de Angie não estava por perto. Ele estava muito ocupado administrando o hotel. Além disso, ele não estava muito interessado no processo de filmagem.

Mas para Angie, foi uma experiência fascinante.

CAPÍTULO VIII

Na manhã seguinte. A reunião privada estava marcada para as 6h30, no 3º andar do hotel. Foi a sala onde parte do filme foi filmado.

Quando Angie chegou, a porta estava ligeiramente aberta e Helga estava esperando.

"Bem-vindo ao nosso filme," Helga sorriu. "Por favor feche a porta."

Angie entrou e fechou a porta. Ele olhou em volta e ficou maravilhado com a forma como a sala havia sido transformada.

As duas mulheres trocaram gentilezas pela manhã. Era curto e simples, e ainda havia uma leve timidez por parte de Angie.

"Você gostou de assistir ao processo de criação do filme?" perguntou Helga.

"Tem sido incrível. Eu realmente gosto de assistir a filmagem. E eu acho que suas habilidades de atuação são incríveis. Tem sido uma verdadeira alegria assistir você."

"Bem, eu acho que finalmente é hora de você cumprir seus deveres como meu assistente."

Os olhos de Angie se iluminaram. "Alguma coisa em particular em sua mente?"

"Sim. Este é um filme de terror com uma vibe muito erótica. Como você sabe , eu levo a atuação muito a sério. Eu gosto de entrar no personagem antes do início das filmagens, assim, estou muito mais preparado. Especialmente para as cenas realmente importantes. .

"Isso faz muito sentido."

"Em algumas horas, estaremos filmando algumas coisas grandes. Minha personagem vê imagens eróticas em seus sonhos. É a primeira vez que minha personagem experimenta isso, então a cena deve parecer forte e crível."

"Como posso ajudar?" perguntou Angie.

"Eu preciso de você para me ajudar a entrar no clima. Nada gráfico. Mas eu quero que você posar para mim. Nua."

"Nu?"

Helga assentiu. "Na cena que vamos filmar em breve, meu personagem está em estado de sonho e encontra um espírito na forma de uma mulher nua. É assustador, mas é erótico."

"Eu não entendo. Quero dizer, é realmente necessário que eu fique nua?"

"Bem, é assim que me preparo para grandes cenas de atuação", disse Helga. "Eu gosto de ensaiar um pouco e descobrir as coisas."

Angie estava confusa e chocada. Sua expressão facial ficou em branco por um momento enquanto ele tentava organizar seus pensamentos.

"Eu... humm... isso é tão estranho."

A atriz balançou a cabeça. "Por favor, sente-se na cama. Eu não quero que você se sinta estranho. Eu quero que você se sinta confortável e relaxado."

As duas mulheres sentaram-se juntas na cama. Eles se olharam nos olhos e ficaram quase cara a cara.

"Posso te contar uma história rápida?" perguntou Helga.

"Sim, claro. Qualquer coisa."

"Meu caminho para a fama não foi fácil. E ficar famoso é ainda mais difícil. Quando eu era uma jovem estrela, eu tinha tudo. As oportunidades estavam por toda parte. As pessoas me adoravam. Eu era a coisa mais importante na televisão."

Angie ouviu atentamente enquanto seu ídolo relembrava.

A atriz continuou: "Quando o show finalmente terminou, eu estava em uma encruzilhada na minha carreira. Na época, eu já tinha 19 anos. Eu era conhecida por ser a garota do ensino médio na TV e de repente eu estava velha demais para jogar esses papéis. Eu não estava mais recebendo as mesmas ofertas. Eu estava com medo de que minha carreira no entretenimento já estivesse chegando ao fim."

Havia uma tensão emocional entre eles quando Helga desnudou sua alma.

A atriz continuou: "Mas eu estava determinada a ter sucesso. Contratei um novo empresário e ordenei que ele me encontrasse papéis adultos. Eu queria mostrar ao mundo que eu era uma força. Eu queria fazer dramas para mostrar meu talento como atriz , como artista. Liguei para diretores e produtores inúmeras vezes. Preparei-me cuidadosamente para cada audição."

Angie se pendurou em cada palavra que seu ídolo falava.

A atriz continuou: "O que eu quero dizer é que fiz o que for preciso para ter sucesso. Lutei pelos melhores papéis. Quando consegui um papel em um bom filme, agi como se minha vida tivesse acabado. E os resultados falam para si." Atualmente sou uma das atrizes mais populares do mundo, independentemente da faixa etária."

"Essa é uma história tão inspiradora", respondeu Angie, com lágrimas nos olhos. "Você é uma inspiração para as mulheres de todo o mundo. Você é tão talentosa e incrível."

"Essa é a ética de trabalho que você precisa se quiser ter sucesso."

Angie engoliu em seco. "Você ainda quer que eu... você sabe..."

"Eu não estou forçando você a fazer nada. Eu preciso de um assistente dedicado. Se você não estiver à altura da tarefa, eu sempre posso encontrar outra pessoa. Sem ressentimentos."

Angie respirou fundo. "Eu vou. O que você precisar para apoio."

"Então levante-se e tire sua blusa."

Respirando fundo, Angie se levantou e olhou para seu ídolo, que ainda estava sentado na cama, esperando, observando-a. Angie tirou a blusa e manteve o sutiã e a calça.

"Todo o meu top?" Angie perguntou com um tom tímido.

"Há algum problema?"

"Não faça."

Ela estendeu a mão para desabotoar o sutiã, deixando-o cair no chão. Foi difícil colocar as mãos ao lado do corpo, mas ela conseguiu. Ela sempre foi insegura sobre seus seios pequenos. Eles eram minúsculos com mamilos rosa pontudos. Seus mamilos endureceram com a exposição.

"Eu acho que seus peitos são adoráveis", apontou Helga. "Não fique nervoso".

"Obrigada."

Agora o resto.

"Tudo?" perguntou Angie.

Helga ergueu a sobrancelha novamente. "A menos, é claro, que você não queira?"

Respirando ainda mais fundo, Angie se abaixou para tirar os sapatos e as meias. Em seguida, suas calças. Finalmente, sua calcinha. Fazia tempo que não cortava os pelos pubianos, o que a deixava um pouco envergonhada.

Angie estava completamente nua da cabeça aos pés. Ela se sentiu humilhada por estar nua na frente de seu ídolo, no entanto, sentiu que estava servindo a um propósito importante.

"Muito bonita", disse Helga, olhando para a garota. "Você tem uma aparência peculiar que eu acho atraente."

"Obrigado. Eu gostaria de ser sexy como você."

"Bem, você pode tentar. Mostre-me uma coisa."

"Como que?"

"Qualquer coisa", respondeu Helga. "Lembre-se, meu personagem no filme está em um estado de sonho. E ele tem uma visão de um belo espírito nu. Então, recrie algo assim para mim."

Angie congelou por um momento. Então ela balançou seus quadris nus em um movimento sensual, que deve ter parecido bobo, ela pensou. No entanto, fez Helga sorrir.

"Gosta disso?" perguntou Angie.

"Isso vai fazer. Vire-se. Mostre-me sua bunda."

Angie se virou e mostrou seu traseiro nu para a atriz. Ela então continuou a balançar os quadris novamente.

"Bela bunda," Helga apontou. "Boas jogadas também."

"Fiz aulas de dança do ventre com uma amiga, mas isso foi há alguns anos. Estou um pouco enferrujada ."

"Eu posso dizer", reconheceu Helga. "Agora, de acordo com o roteiro , vejo o espírito em meus sonhos, depois a sigo pelo corredor, depois desço as escadas até o andar de baixo."

Havia uma seriedade na voz da atriz, como se esperasse que algo acontecesse. De repente, Angie ficou muito consciente de sua nudez novamente.

"Você quer dizer... você quer que eu..."

Helga assentiu. "Os ensaios são muito importantes para mim. Você não quer que eu faça um bom trabalho para este filme?"

"Claro que sim."

"Saia para o corredor. Então desça. Eu vou logo atrás."

"Isso é legal?" Angie perguntou humildemente.

"Você não prestou atenção em nada do que eu disse? O sucesso tem tudo a ver com trabalho duro e dedicação. Sou uma celebridade internacional por causa da minha ética de trabalho. E espero que meus participantes demonstrem o mesmo nível de dedicação."

Havia uma seriedade sobre a atriz que não podia ser negada. Era um lado dominante que nunca havia sido mostrado ao público. Foi-se a imagem pública familiar de Helga. Foi-se o seu comportamento de boa menina. Foi um vislumbre da verdadeira Helga.

E Angie se sentiu impotente.

"As pessoas geralmente não estão acordadas a essa hora. Mas podemos dar um jeito."

Helga sorriu, "Essa é a atitude que eu gosto de ouvir."

Com as mãos trêmulas, Angie virou-se para a porta. Ela se tornou muito mais consciente de sua própria nudez. Helga se levantou e abriu a porta do quarto. Havia um olhar travesso no rosto da atriz, balançando a cabeça em aprovação.

Já era tempo. Angie sabia exatamente o que precisava ser feito. E não havia como ele decepcionar seu ídolo.

Angie olhou para o corredor. Ele olhou para os dois lados para se certificar de que não havia ninguém lá. A sala estava vazia. Angie deu o grande passo e entrou no corredor com o corpo nu.

Ela ouviu a porta se fechar atrás dela enquanto caminhava. Helga a seguiu. Foi uma experiência angustiante enquanto ela caminhava nua pelo corredor. Seu corpo estava rígido e seus punhos cerrados.

"Fique mais relaxado", disse Helga, seguindo a garota nua. "A personagem do espírito feminino se move lenta e sensualmente. Lembre-se, ela está em um sonho."

Angie respirou fundo e caminhou mais devagar e sensualmente, movendo os quadris a cada passo. Enquanto isso, ela rezava para que ninguém a visse, especialmente seu pai. Foi um momento aterrorizante. Seu coração estava batendo. Mas, ao mesmo tempo, seus mamilos endureceram com um poderoso sentimento exibicionista.

Finalmente, chegaram ao fim do corredor. Graças a Deus. Mas o pior ainda não passou. Ainda não. Ela subiu as escadas, seus pés descalços tocando o chão frio. Ele desceu para o segundo andar.

Ele abriu a porta do segundo andar depois de dar uma olhada rápida. O corredor do segundo andar estava vazio. Graças a Deus, novamente.

Angie entrou no corredor, sem saber até onde ir. Ela continuou andando, nua, com seu ídolo bem atrás dela. Foi o momento mais estranho e incomum de sua vida.

"Vamos para o spa", disse Helga. "Você pode pegar um roupão lá e podemos conversar um pouco."

Depois de vários passos longos e lentos, eles finalmente chegaram à pequena sala de spa naquele andar. Angie abriu a porta e os dois entraram. Ela deu um suspiro de alívio que sua caminhada nua finalmente acabou.

"Você foi de grande ajuda na minha preparação", disse Helga. "Obrigada."

"De nada", respondeu Angie com a voz trêmula.

Angie pegou uma toalha para cobrir sua nudez, mas Helga colocou a mão com força na toalha, prendendo-a na mesa. Eles estavam cara a cara.

"Como se sente?" perguntou Helga.

"Eu não sei," Angie deu de ombros. "Vulnerável, eu acho. Isso foi muito estranho."

"Você gosta de mim?"

"Foi emocionante, eu acho. Meu coração está batendo como um louco."

"Isso é uma coisa boa. Faz você se sentir vivo, não é?"

Angie concordou. "Eu acho. Sim, você está certo."

Helga se inclinou e beijou a garota nua nos lábios. Angie não resistiu. Como ele poderia resistir ao seu ídolo? Foi um beijo suave e amigável.

Então Helga se inclinou e tocou os lábios de Angie. Ele esfregou suavemente e a ponta de seu dedo entrou, só um pouco.

"Você está molhada", apontou Helga.

Angie corou. "É daquela caminhada. Foi tão... não sei como descrever."

"Não se preocupe. Alguns prazeres não podem ser descritos."

"O que acontece depois?"

"Você está fazendo um trabalho maravilhoso como minha nova assistente. Mas esta filmagem tem cenas mais importantes para filmar. E eu vou precisar de sua ajuda. Seu treinamento continuará amanhã. Por enquanto, você pode usar a toalha."

Helga largou a toalha e Angie a agarrou e amarrou em volta do corpo. Havia outro olhar travesso no rosto de Helga. E Angie se perguntou o que a atriz queria dizer com a palavra "treinamento".

CAPÍTULO IX

Algumas horas depois, uma modelo chegou ao set vestindo um jaleco branco. Ela era jovem e bonita. Havia símbolos estranhos pintados em seu rosto para o filme. Quando chegou a hora de começar a filmar, a modelo se despiu e descaradamente ficou nua. Seu rosto permaneceu inexpressivo durante as filmagens.

Helga fez uma bela atuação como atriz. Eles fizeram algumas tomadas até que o diretor ficou satisfeito. Quando a cena foi concluída, a equipe aplaudiu Helga e a modelo nua.

Naquela noite, Angie foi dormir pensando nos acontecimentos do dia. Andar nua pelo corredor era a coisa mais estranha e incomum que ela já havia feito. Mas valeu à pena. Seu ídolo a cobriu de elogios. E de uma forma estranha, tudo parecia certo.

Angie deslizou a mão pela calcinha e usou dois dedos para esfregar o clitóris. Ele continuou esfregando até chegar ao resultado desejado.

CAPÍTULO X

De manhã cedo. No quarto andar do hotel, a produtora do filme estava esperando.

A produtora feminina do filme era uma mulher alta e de aparência severa que mantinha uma expressão séria no rosto. Ela também era uma visão de beleza madura. Seu corpo era voluptuoso e cheio de curvas em todos os lugares certos. Ela se movia com sofisticação e graça.

Depois de bater na porta, a produtora abriu e viu Angie esperando.

"É um prazer conhecê-lo formalmente", disse ele em um tom sério.

Angie sorriu, "Da mesma forma."

As duas mulheres apertaram as mãos e Angie entrou no quarto do hotel.

Eles trocaram conversa fiada. A produtora feminina estava cheia de elogios ao belo hotel e à equipe maravilhosa. Angie ficou grata por estar envolvida no filme e explicou que era uma grande fã do trabalho da produtora feminina.

"Helga explicou a natureza do nosso encontro privado?" perguntou a produtora.

"Não, não realmente. Ela foi um pouco vaga sobre isso."

A produtora feminina assentiu. "Como você sabe, Helga é uma atriz pouco ortodoxa. Ela é incrivelmente talentosa e gosta que as coisas sejam feitas de uma maneira particular."

"Já reparei."

"Tenho certeza que sim. Helga me contou sobre sua menstruação nua ontem de manhã. Foi muito corajoso da sua parte."

Angie corou, "Bem, funcionou, não foi?"

"Tem razão. Helga fez mais uma excelente atuação e pretendo continuar assim."

"Você parece dedicado a este projeto."

"Eu sou," ele disse severamente. "Estou investindo milhões de dólares neste filme. Naturalmente, é do meu interesse garantir que este filme seja um sucesso."

"Faz muito sentido", concordou Angie. "Eu acho que todo mundo está fazendo um trabalho incrível. Parece que este filme vai ser realmente incrível."

Seu rosto permaneceu sério. "Vamos ao que interessa, ok?"

"Ok."

"Você provavelmente notou que Helga tem gostos únicos."

"Como que?"

Ela aguçou o olhar. "Você realmente precisa que eu explique isso para você?"

"Acho que entendi," Angie respondeu humildemente.

"Bom. Agora, Helga precisa de sua ajuda para as filmagens de hoje. E ela me pediu para ser seu instrutor. Você sabe o que é um fluffer?"

Angie pareceu confusa por um momento. "Bem, a definição brincalhona de um ' fofo ' é uma pessoa que trabalha em um set pornô e mantém as pessoas excitadas entre as tomadas? Esse tipo de fofoqueiro?"

"Você estaria correto," ela disse, seu rosto ainda sério. "E é para isso que vamos precisar de você hoje."

"Eu acho que eu não entendo".

"Helga precisa de um fluffer . Eu entendo que você está à altura da tarefa."

Angie congelou. "Um fluffer ? Para um filme de terror?"

"Para este filme em particular, sim. Há uma série de cenas eróticas ou de nudez e Helga pediu a ajuda de um babaca . Quero dizer, ela quer você para o trabalho. Obviamente, você será pago por seus deveres."

Foi um ponto de virada para Angie. Suas responsabilidades logo incluiriam ser um fanfarrão para seu ídolo. Ela pensou rapidamente. O tempo era essencial quando a produtora feminina olhava para ela com uma expressão afiada.

"Eu vou", disse Angie com firmeza.

"E você tem certeza disso?"

"Sim, eu estou. Espero que seja. Eu nunca fiz esse tipo de coisa antes. E com Helga- uau . Isso tudo é tão novo para mim."

O produtor assentiu. "Muito bem. Se você decidir se retirar, sempre podemos encontrar outro fluffer ."

"Obrigado. Espero que não chegue a esse ponto."

"Agora, em relação às suas responsabilidades, Helga me disse que você é relativamente inexperiente com as mulheres, correto?"

"Está certo."

"Mas você também está do lado curioso, certo?"

"Sim, é verdade", respondeu Angie com um pouco de vergonha.

"Qual é o seu nível de experiência com as mulheres?"

"Principalmente dando uns amassos com um ex-colega de quarto da faculdade. E gostávamos de tocar os peitos um do outro. Só isso."

"Então você não tem nenhuma experiência com a vagina de outra mulher?" a produtora feminina perguntou sem rodeios.

"Não. Só meu."

"É uma habilidade muito fácil de aprender. Especialmente com alguém com tendências bissexuais como você."

Angie corou, "Essa é uma maneira estranha de colocar isso. Mas estou aberta a aprender."

"Tudo bem. Agora, ajoelhe-se, mocinha. Eu vou lhe dar um curso curto de fofura ."

"Agora?"

"Devo encontrar outro fluffer para Helga?"

"Não, não, não. Eu vou."

Angie se ajoelhou e a escultural produtora de filmes ficou na frente dela. Era uma posição intimidadora. Especialmente porque a produtora feminina era tão autoritária com um rosto tão severo.

A produtora feminina desabotoou a saia, revelando sua vagina completamente nua. Ele estava bem barbeado. Seus lábios eram grossos e castanho-escuros. Dentro havia uma umidade brilhante.

Angie nunca tinha visto a boceta de outra mulher de perto antes e a visão instantaneamente a excitou. Ela ficou maravilhada com a boceta nua.

"Dê uma boa olhada", disse a produtora feminina, apontando para sua própria área. "Clito, lábios, abertura. É simples assim. Helga gosta especialmente de estimulação do clitóris."

"Eu também."

"Tudo bem. Você saberá exatamente o que fazer. Por que você não dá um toque no meu? Ficarei feliz em dar minha opinião."

Angie estendeu a mão e tocou seu clitóris com a ponta do dedo indicador. Ela o acariciou suavemente, quase intimidada por tocar outra mulher. Especialmente uma mulher tão severa quanto essa produtora.

"Isso mesmo", disse a produtora. "Um pouco mais forte. Um pouco mais rápido. Não tenha medo disso. Não morde."

Angie pressionou com mais força e o esfregou em um movimento circular.

A produtora feminina acrescentou: "Você tem um talento excelente. Agora, sua língua".

"Você quer que eu lamba?" Angie perguntou, quase com uma sensação de excitação.

"Por favor, faça isso. É o que Helga gosta. É meu trabalho cuidar dos interesses dela. Agora, comece."

Angie colocou a língua para fora e lambeu o clitóris com a ponta da língua. Ela olhou para a produtora o tempo todo. Enquanto a ponta da língua estava no clitóris, ela percebeu que a produtora finalmente mudou as expressões faciais e deu sinais de prazer. Angie sabia que estava fazendo algo certo.

Então Angie moveu a língua ao redor do clitóris, fazendo a severa produtora ofegar.

"Excelente. Meu Deus. Helga ficará muito satisfeita mais tarde."

"Estou feliz", disse Angie, removendo a língua brevemente.

Como uma boa menina, Angie colocou a língua de volta em seu clitóris.

"Meu Deus. Você vai me fazer um favor e continuar até eu terminar? Eu vou instruí-lo. Vou adicionar um bônus ao seu pagamento final. Ok?"

"Hum ."

Angie lambeu seu clitóris, então pressionou sua boca inteira em sua boceta, fazendo com que a produtora feminina engasgasse.

CAPÍTULO XI

Mais tarde naquela manhã. As filmagens estavam programadas para começar novamente no terceiro andar. A sala estava lotada de pessoas enquanto a equipe de filmagem montava as luzes e a câmera.

Helga estava vestindo uma camisola. Era a roupa que eu precisava para aquela cena. A atriz passou alguns momentos conversando com o diretor sobre as filmagens. Quando terminaram, a atriz piscou para Angie.

"A produtora feminina te ensinou tudo o que você precisa saber?" perguntou Helga.

"Tudo e muito mais."

"Esta nervosa?"

"Definitivamente", admitiu Angie. "Quero dizer, todo mundo vai me ver fodendo? Ou podemos fazer isso em outro quarto?"

"Isso importa?"

"É um pouco humilhante para mim, você não acha?"

Helga mostrou seu sorriso travesso característico. Era quase como se a atriz estivesse gostando da humilhação que Angie sentiu. E ela não fez nenhuma tentativa de escondê-lo.

"Infelizmente, tem que ser nesta sala", disse a atriz. "Estarei deitada na cama. A câmera estará focada no meu rosto. A ideia é que eu tenha um sonho travesso desse espírito nu. Para transmitir adequadamente essas emoções, precisarei ser suavizado."

Angie concordou. "Então você quer que eu te amoleça, nesta sala cheia de pessoas, enquanto a câmera está rodando?"

Helga acenou de volta. "Exatamente."

"Ok. Meu Deus. Uau. Isso é meio embaraçoso."

"Não fique envergonhado. Você está em um set de filmagem profissional. Pense em quantas cenas de nudez essa equipe filmou. Confie em mim, são muitas."

"Esse é um pensamento reconfortante. Mas ainda assim, você sabe..."

Helga pensou por um momento. "Você pode se esconder debaixo do meu cobertor. Eu deveria estar dormindo na cama de qualquer maneira."

"Obrigado. Isso parece factível."

"Apenas fique debaixo do cobertor e me aqueça até que o diretor diga para cortar. Faça o melhor que puder."

"Entendido", disse Angie com uma leve sensação de excitação.

"Você está animado com isso?"

"É interessante", disse Angie em um tom mais passivo.

"Seja honesta comigo, Angie. Eu sempre fui extremamente honesta com você."

Angie deu de ombros e sorriu ironicamente. "Posso dizer honestamente que estou animado. Gosto da experiência de estar em um set de filmagem. Você também é muito bonita."

"Você está atraída por mim?"

Angie corou. "Quem não é?"

O diretor veio e disse à equipe para se preparar. As filmagens estavam prestes a começar. Ele deu instruções finais a todos e disse a Helga que fosse para a cama.

Mas antes de Helga se deitar para a cena, ela aproximou brevemente a boca da orelha de Angie.

"Estou tão feliz que isso está acontecendo", sussurrou Helga. "Eu queria que você comesse minha boceta desde o dia em que nos conhecemos."

Colocando-se no lugar dele, a atriz piscou e sorriu enquanto se deitava na cama. Ela cobriu o peito com o cobertor e fingiu estar dormindo.

Angie ficou intrigada. No bom sentido. Foi um comentário surpreendente de seu ídolo. E isso só a motivou mais. Enquanto o diretor preparava o palco, Angie deslizou para debaixo do cobertor e só conseguiu cobrir a metade superior do corpo.

"Oh ação!" gritou o gerente.

Sob o cobertor estava escuro. Angie teve que tatear seu caminho. O tempo era essencial enquanto a câmera rodava. Ela tentou ser o mais calma e sutil possível. Ela passou as mãos pelas pernas de Helga. Ela empurrou a camisola para cima. E lá estava. A buceta exposta de seu ídolo. Helga. A mulher que ele adorava.

Suas mãos tocaram a boceta nua de Helga na escuridão do cobertor. Ele estava bem barbeado. Provavelmente encerado. Ele sentiu tudo e tocou os lábios de Helga. Era liso e fino. Ele provou um pouco e sentiu que Helga estava molhada.

Angie inclinou a cabeça para frente e plantou beijos em sua boceta.

"Um pouco mais de ação, por favor", disse o diretor, como se não estivesse impressionado. "Eu preciso de expressões faciais, ou essa cena parece uma porcaria total."

Isso foi um sinal para Angie começar a trabalhar. Sem preliminares. Pelo menos não neste momento atual. Droga, ele pensou. Angie queria preliminares.

No entanto, ela se sentiu honrada por ter uma oportunidade tão especial. Ela pressionou a boca na buceta de Helga e imediatamente sentiu as pernas da atriz apertarem (muito levemente). O que quer que ele estivesse fazendo, funcionou. Angie pressionou a boca com força contra os lábios dele. Sua língua lambeu para cima e para baixo.

Acima e abaixo. Ela lambeu os lábios e o interior. De vez em quando, ele movia a língua sobre seu clitóris. Tinha gosto de céu. Foi apenas a segunda vez que Angie provou a boceta e, felizmente para ela, era a boceta de uma estrela de Hollywood.

As pernas da atriz tremiam um pouco. O que quer que Angie tenha feito com a boca, funcionou. E tinha um sabor delicioso.

" Ann cortou!" gritou o gerente.

Uma sensação de decepção tomou conta de Angie. Eu queria tentar mais. Acima de tudo, ele queria fazer seu ídolo gozar.

Para sua grande surpresa, Helga jogou fora o cobertor. Toda a equipe de filmagem viu Angie com a boca cheia de buceta. Angie pareceu confusa e rapidamente moveu a boca.

"A cena está montada," Helga sorriu.

Angie endireitou-se com o fluido em volta dos lábios. "Ah... hummm... ótimo."

"Mas eu não terminei ainda. Eu preciso gozar muito. Cuide disso para mim."

Olhos examinando a sala, Angie viu os divertidos membros da equipe observando-os, querendo ver o que aconteceria a seguir.

"Podemos fazer isso mais tarde? Quero dizer, em particular."

Helga se inclinou e separou os lábios. "Agora."

Alguns membros da equipe de filmagem começaram a desmontar as luzes e a câmera. Outros estavam ao redor. Outros se prepararam para o próximo tiro. Angie se sentiu incrivelmente constrangida com sua boceta na frente de seu rosto.

"Agora?"

Helga assentiu. "Adoro ser exibicionista."

Depois de uma respiração profunda, Angie abaixou a cabeça e colocou a boca em sua boceta mais uma vez. Desta vez, o cobertor não estava lá para cobri-lo. Desta vez, foi ao ar livre, para toda a equipe de filmagem ver.

Ela fechou os olhos, com medo de que as pessoas estivessem olhando. Quem não gostaria de ver a famosa Helga sendo devorada pela nova assistente?

Foi um pensamento aterrorizante para Angie. Mas de uma forma estranha e exibicionista, foi emocionante. Acima de tudo, ele estava feliz por pelo menos provar a boceta mágica de Helga mais uma vez. Ela lambeu a língua obedientemente. Traços para cima e para baixo. Assim como a atriz queria.

"Olhe para mim", disse Helga.

Angie abriu os olhos para ver o rosto lascivo de seu ídolo. Com o canto do olho, ele também notou vários membros da equipe de filmagem olhando. Foi humilhante, mas emocionante.

"Estou quase lá," Helga gemeu. "Tão perto. Não pare."

Com uma nova intensidade, Angie lambeu a língua ainda mais forte. Seu objetivo era agradar seu ídolo. E ela estava disposta a fazer isso, mesmo na frente da equipe de filmagem. A meta foi quase alcançada quando Helga continuou a gemer sem vergonha.

"Puxe sua língua ainda mais", a atriz gemeu. "Meu Deus..."

Angie continuou a lamber rapidamente enquanto Helga segurava sua cabeça com força, esfregando o cabelo no processo. A atriz gemia e gemia.

A atriz gemeu alto e a boca de Angie de repente se encheu de um orgasmo quando Helga gozou. Foi um orgasmo quente e úmido. Quente o suficiente para fazer a famosa atriz estremecer.

"Nossa," Helga suspirou. "A produtora feminina era uma boa professora. Ou talvez você seja natural."

Angie endireitou-se e limpou o líquido dos lábios com as costas da mão. Ele olhou em volta para ver a equipe voltando ao trabalho depois que alguns deles estavam assistindo. Era embaraçoso, mas ele tentou não se importar.

"O que posso dizer? Eu gosto de agradar as pessoas", Angie corou.

"Eu sei. E é isso que eu amo em você."

A atriz puxou o vestido para baixo para cobrir sua buceta recém-satisfeita. Ela sorriu, levantou-se e se preparou para a próxima cena.

CAPÍTULO XII

Mais tarde naquela noite. Angie estava deitada na cama lembrando dos acontecimentos do dia. Ele repetiu tudo em sua mente em detalhes precisos.

Ela se imaginou lambendo a boceta da produtora feminina novamente. Ela então imaginou fazer sexo oral completo em Helga enquanto uma equipe de filmagem podia assistir.

No dia anterior, ela era uma virgem lésbica. Mas enquanto estava deitado na cama naquela noite, ele já tinha experiência com duas belas mulheres. Um deles era seu ídolo.

Angie levou dois dedos ao clitóris e o esfregou. A sensação de saborear a bucetinha de Helga na frente de todos foi intensa. Era um sentimento poderoso de desejo sexual, luxúria e humilhação.

Ela esfregou e esfregou. Enquanto continuava a se tocar, ela se perguntava o que Helga planejava em seguida. Eles tinham outra reunião privada marcada para a manhã seguinte. Ah, as possibilidades, ele pensou.

Ele queria desesperadamente comer a buceta de Helga novamente. Se tivesse sorte, talvez Helga retribuísse o favor. Mas isso era esperar demais, dado o enorme status de celebridade de Helga. Mas uma garota ainda pode sonhar, certo?

E foi nesse momento que ela veio...

CAPÍTULO XIII

Bem cedo na manhã seguinte. Angie subiu ao quinto andar para ver Helga.

A atriz parecia recém-saída do banho. Seu cabelo estava preso e seu rosto estava maquiado, embora fosse cedo. Ela vestia um roupão de seda e estava descalça. Eles trocaram conversa fiada e gentilezas pela manhã. Mas quando Helga arqueou uma das sobrancelhas, era hora de começar a trabalhar.

"Você está indo bem como minha nova assistente", disse Helga. "Estou satisfeito. Poucas mulheres podem cumprir as tarefas."

"É lisonjeiro ouvir. Obrigado."

"Eu deveria ser o único a agradecer. O diretor me mostrou todas as fotos que filmamos até agora e minha atuação está ótima. Devo tudo a você."

Angie corou, "Não. Eu não posso levar o crédito pelo seu talento. Você é incrível em todos os filmes em que esteve."

"Mas nesses filmes, muitas vezes confio em um assistente especial. Especialmente para os papéis eróticos. Agora, eu confio em você."

"Sinto-me muito honrado. Não sei mais o que dizer."

"Angie, vou tirar meu roupão e quero sua opinião honesta. Tudo bem?"

Ela assentiu lentamente. "Ok."

A atriz deixou cair o roupão para revelar um espartilho preto. Deixou sua boceta exposta, junto com seus seios empinados e pequenos mamilos marrons. Havia um olhar de confiança sensual em seu rosto.

O queixo de Angie caiu e ela ficou sem palavras.

"Bem, o que você acha?" perguntou Helga.

"Você está... muito gostosa. Quero dizer, muito gostosa. Isso é para a sessão de hoje?"

"Não. É estritamente para você."

Angie parecia confusa. "Para mim?"

A atriz abriu uma gaveta próxima e tirou um vibrador strap-on.

"Angie, eu vou te foder com isso."

Ela engoliu em seco. "De verdade?"

"Sim, realmente. Estou assumindo que você não é virgem."

"Não, eu não sou."

"Isso quase vai parecer o mesmo", explicou Helga. "Mas em vez de um pau, você vai sentir meu pau, que é esse vibrador. Acho que você vai gostar."

"Eu sonhei em lamber você de novo."

Helga riu. "É por isso que eu amo meus fãs. Estarei aqui pelas próximas 3 semanas. Confie em mim, você terá muito tempo para lamber minha buceta. E minha esposa produtora também quer ser lambida de novo. Você tem uma boca talentosa. ." Mas por enquanto, eu quero te foder."

Ele observou seu ídolo colocar a alça em torno de sua virilha. O vibrador apontou para frente. Angie engoliu em seco. E ela se sentiu animada. O que quer que acontecesse, Angie estava determinada a se divertir. Sua boceta parecia pronta. Havia uma sensação de formigamento entre suas pernas e seus mamilos endureceram.

"Eu faço o que você quiser", disse Angie. "Eu estou aqui para você."

Helga sorriu, "Eu sei que você vai. Agora fique nua."

Sem exigir mais instruções, Angie começou a tirar a roupa. Ela estava vestida com um terno simples. Cada peça de roupa foi removida e jogada no chão.

Foi emocionante ficar nua novamente na frente de Helga. Foi mais fácil porque Helga já a tinha visto nua. E desta vez, Angie não teve que caminhar até o altar. Eles permaneceriam apenas na privacidade do quarto de hotel.

Uma vez que Angie estava nua, ela se endireitou e permitiu que seu ídolo olhasse bem para ela.

"Vá até a janela", ordenou Helga.

Angie foi até a janela do quarto de hotel. As cortinas estavam abertas. A rua mostrou sinais de vida quando as pessoas começaram a ir trabalhar para o dia.

"Coloque as mãos na parede", disse Helga. "Curve-se. Mas fique perto da janela. Tenho a sensação de que você é um pisca-pisca secreto."

Clara obedeceu. Ele se inclinou, colocou as mãos na parede, mas ficou perto da janela.

Suas pernas estavam bem abertas e de repente ela sentiu a língua de Helga correndo para cima e para baixo em sua boceta. Foi a primeira vez que uma mulher lambeu sua boceta. E era Helga. A Helga. A grande celebridade. Seu ídolo estava realmente lambendo sua buceta!

Foram várias lambidas longas. A língua de Helga entrou no buraco e girou. Angie desejou que aquele sentimento durasse para sempre, mas é claro que não duraria. Era apenas para lubrificação natural. Uma vez que a boceta de Angie estava molhada o suficiente (e quente o suficiente), Helga parou.

Então Angie sentiu seus lábios vaginais se separarem e a ponta do brinquedo sexual duro foi colocada entre seus lábios vaginais.

"Você deveria estar feliz com isso", disse Helga. "Estou fazendo de você uma mulher."

Com isso, a atriz empurrou e o brinquedo sexual entrou na bucetinha de Angie. Ele entrou de uma só vez. De repente, o buraco apertado de Angie estava sendo esticado sob o comando de seu ídolo.

"Oh Deus," Angie engasgou. "Oh, Deus."

O vibrador foi retirado, então houve outro impulso. Um empurrão mais forte.

"Olhe para fora. Mantenha os olhos na rua."

Angie olhou pela janela enquanto Helga socava mais e mais rápido. Ela chorou pela sensação intensa em sua boceta. Ela também ficou impressionada com a sensação exibicionista de ser reivindicada na frente de uma janela. Ela estava apenas 5 andares acima e a famosa Helga estava transando com ela.

Ela chorou e chorou.

"É isso", disse Helga. "Imagine ser observado por todas aquelas pessoas trabalhadoras. Imagine-os sabendo que eu os possuo. Eles saberiam que você é minha submissa ."

Essas palavras enviaram um arrepio na espinha de Angie enquanto sua boceta estava sendo esticada pelo brinquedo sexual. Seus dedos dos pés agarraram o chão e suas mãos pressionaram com força contra a parede.

Helga usou uma mão para beliscar o delicado mamilo rosa de Angie e a outra mão para esfregar o clitóris dolorido de Angie.

Foi um êxtase sexual completo nos sentidos físicos e mentais de Angie. O bom. O tipo que induz ao orgasmo.

"Minha boceta!" Clara chorou. "Oh Deus! Minha boceta! Isso... aquilo..."

Helga fodeu mais forte. Ele beliscou o mamilo rosa de Angie com mais força. E esfregou o clitóris de Angie ainda mais rápido.

"Deixe sair, Angie. Deixe sair. Está tudo bem."

Foi um orgasmo que Angie nunca esqueceria. Um fluxo de fluidos desceu por suas pernas e caiu no tapete. Seus músculos se contraíram e ele lutou para ficar de pé. Sua boca caiu aberta e seu coração estava batendo rapidamente.

Quando o orgasmo acabou, Helga parou de empurrar e se retirou.

"Vire-se", disse Helga. "De joelhos."

Angie usou a energia que lhe restava para obedecer. Ela ficou de joelhos.

"Me lamba até ficar limpo", disse Helga, movendo os quadris para sacudir o brinquedo sexual. "Você fez uma bagunça. Agora limpe isso."

Angie começou no topo. Ela lambeu o brinquedo sexual, chupando-o, saboreando seus próprios fluidos vaginais. Ele então beijou e lambeu as coxas de Helga. Então suas panturrilhas. Em seguida, os topos de seus pés.

"Levante-se", disse Helga.

A atriz desamarrou o cinto e jogou fora.

Quando as duas mulheres ficaram cara a cara, Helga se aproximou da garota e a beijou nos lábios. Eles trocaram o gosto dos fluidos orgásmicos de Angie na boca um do outro. Foi um beijo de língua apaixonado e enérgico.

Embora Angie estivesse sexualmente exausta, o beijo a trouxe de volta à vida.

"Você é minha submissa pelas próximas semanas", disse Helga. "O que eu quiser, você fará. Em troca, eu prometo a você os melhores orgasmos que você já teve. Está claro?"

Angie assentiu e sorriu. "Ela era sua desde o primeiro dia em que nos conhecemos."

Eles continuaram o abraço. Seus braços se envolveram e eles continuaram a se beijar nos lábios.

O FIM